Tim Krabbé **Drei auf dem Eis**

Tim Krabbé

# Drei auf dem Eis

Aus dem Niederländischen übersetzt von Susanne George

RECLAM
LEIPZIG

Während in den Niederlanden die Elfstädtetour stattfand, rieb *er* am Strand von Tel Aviv seinen Sohn Wouter mit Sonnenöl ein. Es war genau das passiert, was er befürchtet hatte: Der Urlaub in Israel fiel in die Zeit eines richtigen Schlittschuhwinters – für Jahre vielleicht der einzige, den es gab. Kurz vor ihrer Abreise hatte es zu frieren begonnen, und am letzten Morgen, bevor Wouter von Elleke zu ihm gebracht wurde, hatte er in aller Eile noch eine kleine Tour machen können. Gerade mal eine *halbe*: Beim Ransdorper Die musste er umkehren. Auf der schneenassen Eisfläche war niemand; im Eis waren keine Schlittschuhspuren. Und ohne andere Läufer, an denen man erkennen konnte, dass man nicht einbrach, traute er sich nicht weiter. Er wartete ein paar Minuten, ob noch jemand kommen würde, und lief dann über dieselben Gräben zurück.

Nun würde diese Mini-Tour vielleicht die einzige des ganzen Schlittschuhwinters bleiben.

Eis, bleib! dachte Pieter am sengend heißen Roten Meer, am sengend heißen Toten Meer, im Staub der Negev-Wüste, auf Golgatha. Er kaufte niederländische Zeitungen, um zu erfahren, wie der Frost das Land im Griff hatte. Und es war, als würden seine stillen Bitten erhört: minus sechs, minus zehn, minus fünfzehn, Sportseiten voller Touren, die er gelaufen wäre, Elfstädtefieber.

Silvester hatte er Wouter von ihrem Hotel am Toten Meer aus mit Elleke telefonieren lassen. Dabei war es vor allem um dieses Thema gegangen.

»Vielleicht gibt's die Elfstädtetour!«, rief Wouter, nachdem er aufgehängt hatte. »Machst du dann auch mit?«

»Wir sind jetzt hier.«

»Aber wenn wir wieder zu Hause sind?«

»Dann auch nicht. So gut bin ich nicht.«

»Aber du bist doch gut?«

»Gerade gut genug für kleine Touren. Die Elfstädtetour geht über zweihundert Kilometer.«

»Hier gibt's kein Eis, oder?«

»Nein.«

Wouter spürte natürlich, dass er nun lieber in den Niederlanden wäre, wusste, wie gerne er Schlittschuh lief, wenn die Gräben zugefroren waren, und kannte die Geschichte von der Tour, die sie einmal zu dritt gemacht hatten, vor zehn Jahren mit Elleke, Wouter selbst noch in ihrem Bauch. Sie war ein paar Mal hingefallen; mit den Kufen an ihren Füßen war es zu gefährlich geworden. Sie hatten sich dann in einem Dorf ein Taxi genommen.

»Vielleicht friert ja heute Nacht das Tote Meer zu«, sagte Wouter. »Läufst du dann morgen Schlittschuh?«

»Nur wenn du mitkommst.«

»Aber wir haben unsere Schlittschuhe nicht mit.«

»Die leihen wir uns im Hotel.«

»Glaubst du, dass sie welche haben?«

»Ein Hotel hat immer alles, wonach die Gäste verlangen könnten.«

»Ja! Wir laufen morgen Schlittschuh!«

»Das Tote Meer friert nicht so oft zu.«

»Wie groß ist die Chance, dass es heute Nacht zufriert?«

»Null Komma null null null null null null null sieben Prozent.«

*»Sieben?«*, sagte Wouter. »Vielleicht ist ja schon Eis drauf. Lass uns nachsehen!«

»Es ist halb eins!«

»Es ist Silvester, ich darf lang aufbleiben.«

»Okay. Wenn das Tote Meer zugefroren ist, dürfen die Kinder länger aufbleiben. Das steht in jedem Erziehungsratgeber.«

Das Zimmer lag auf der dem Parkplatz zugewandten Seite des Hotels; sie nahmen den Aufzug nach unten. Auf verlassenen Pfaden liefen sie zum Strand, an dem sie am Nachmittag zum Schwimmen gewesen waren. Weit weg, am anderen Ufer des Toten Meeres, das ruhig im Mondlicht glitzerte, waren die Lichter von Jordanien zu sehen. Nirgendwo gab es Feuerwerk, die Menschen hier hatten ihr eigenes Neujahrsfest.

Pieter fragte sich, ob Elleke noch Schlittschuh lief – ob sie wohl noch einmal zum Eislaufen gegangen war seit diesem einen Mal vor zehn Jahren. Wahrscheinlich nicht mit diesem langweiligen Leo, mit dem sie zusammen war.
»Das Tote Meer ist ein Eisloch«, sagte Wouter.

Die Elfstädtetour fand statt, während sie ihren letzten Tag in Israel verbrachten. Aber am darauf folgenden Tag fügte sich alles aufs Beste. Sie reisten sehr früh ab, es gab keine Verspätung. Elleke war einverstanden, Wouter einen Tag früher als vereinbart abzuholen, und kam nach Schiphol. Auf dem Weg nach Hilversum setzte sie Pieter in Amsterdam ab, und um Viertel vor fünf war er mit seinem eigenen Auto

an seinem gewohnten Startplatz, einem Graben am nördlichen Stadtrand.
Dort stand nur noch ein Wagen – die anderen Läufer waren schon nach Hause gefahren. Es war fast dunkel und bitterkalt, aber windstill – ein herrliches Prickeln durchfuhr ihn, als er über das Eis lief und seine Beine ausbreitete wie ein bedächtiger großer Vogel seine Flügel. Von der anderen Seite näherten sich zwei Schemen, aufrecht, hin- und herschwingend mit gekonnten Bewegungen, gute Läufer. Sie redeten gedämpft miteinander, hoben kurz die Hand und sagten etwas. Pieter grüßte zurück. Das andere Auto gehörte ihnen – gleich würde nur noch sein Auto am Startplatz stehen.
Und er war allein.
Er bog rechts ab auf den breiten Graben, dann links ab unter der kleinen Brücke hin-

durch, überquerte einen Weg auf Gummimatten, die dort wie jeden Schlittschuhwinter lagen, lief über einen gewundenen Graben, dessen Breite variierte und in dessen Mitte hier und da Schilf stand. Es folgten hohe Schilfgürtel zu beiden Seiten, die plötzlich zurückwichen. Es war, als werde er durch den Hals einer Flasche gegossen. Vor ihm lag nun das zugefrorene, dunkle, gräulich gefleckte Ransdorper Die.

Hier war er am Morgen vor dem Urlaub umgekehrt. Auch jetzt blieb er kurz stehen, zurückgehalten von der Macht dieser leeren Fläche.

Es waren keine anderen Läufer da.

Er atmete die frische Frostluft ein, nahm seine Mütze ab, zog die Handschuhe aus und lief weiter. Bei jedem Schritt ließ er die Spitze des jeweils hinteren Schlittschuhs kurz über das Eis kratzen, um seine Schritte zu unterstreichen. Wenn er dieses Bein wieder nach vorne zog und den Fuß aufs Eis setzte, klang das, als würde man einen gigantischen Bleistift auf einem Schreibtisch aus Holz ablegen. Manchmal folgte er den breiten Spuren anderer Läufer, manchmal wich er ihnen aus und lief quer durch unberührte kleine Wälle aus zusammengewehten Eisschabseln oder über Flächen schwarzen Eises: Fenster ins Nichts, die ihm jedes Mal für einen kurzen Moment Angst machten. Aber am Tag nach einer Elfstädtetour bricht man nicht durchs Eis.

Er war davon ausgegangen, es sei windstill, aber nun musste er doch eine leichte Brise im Rücken haben, so mühelos flog er dahin. Und das, obwohl er ein schlechter Schlittschuhläufer war. Er hatte erst damit angefangen, als er schon über vierzig war – zu Beginn der Elleke-Jahre, kurz vor Wouters Geburt –, zu alt, um richtig gut zu werden, außer man hatte Talent. Aber solche Touren von zwei, drei Stunden waren herrlich, die hatte er von Anfang an und in allen Schlittschuhwintern unternommen, vom ersten bis zum letzten Tag, wann immer es ging. Auf den kleinen Gräben und den Seen zu laufen, war der schönste Sport, den es gab. Es war wirklich göttlich, wie er hier dahinglitt – genau dieses Wort kam ihm auch in den Sinn: *göttlich*. Die Bewegungen des Eislaufens hatten etwas Vollkommenes, wunderbar anzuschauen, wunderbar auszuführen. Gott persönlich musste es sich ausgedacht haben.

Doch eigentlich – in dem Moment, in dem er jetzt darüber nachdachte, fiel ihm das ein – bewies die Göttlichkeit des Schlittschuhlaufens gerade, dass es Gott *nicht* gab. Denn hatte man die Absicht, eine Welt zu erschaffen, und bekam, wie Gott seinerzeit, freie Hand dazu, war man gezwungen, erst eine ganze Menge anderes zu erfinden, bevor man sich das Schlittschuhlaufen ausdenken konnte: Wasser, Kälte, Frieren. Und wenn man schon etwas so Wahnwitziges wie Wasser erfand, in das man die Hand stecken, das alle Formen annehmen und sich dennoch in etwas Hartes und Starres verändern konnte, dann musste man auch noch erfinden, dass es nicht rau wie Stein, sondern glatt war.

Zusätzlich musste man sich noch ausdenken, dass man die Knochen von Tieren schleifen kann, dass Tiere Häute haben, die man zu Leder gerben kann, das man in Riemen schneidet, mit denen man sich diese geschärften Knochen unter die Füße bindet … erst dann war Eislaufen möglich, dieses endlose göttliche Gleiten, Abstoßen und Gleiten ohne Mühe, in der Dunkelheit des Ransdorper Die.

Aber wenn sich Gott etwas hätte ausdenken müssen, was er sich nicht hätte ausdenken *können*, bewies dies doch nur, dass es ihn nicht gab. Die Möglichkeit des Schlittschuhlaufens war reiner Zufall.

Durch einen zweiten Hals aus Schilf gelangte er auf den nächsten Die. Er lief an den Lichtern von Holysloot vorbei, sah in der Ferne schon die von Uitdam und hin und wieder die Scheinwerfer eines Autos auf dem Deich. Es gab keine anderen Läufer. Und überall hatte er diese leichte Brise im Rücken, so oft er auch die Richtung änderte.

Vielleicht war er, ohne es zu bemerken, gestorben. Das Eis schien dick genug, aber

Eislöcher gab es immer. Vielleicht war er in ein Eisloch gelaufen und durch die Kälte sofort ohnmächtig geworden. Dann war die Vollkommenheit, die er nun spürte, eine Nahtoderfahrung. Konnte man nicht immer wieder lesen, dass so ein Ereignis von Gefühlen des Glücks und des Friedens begleitet wurde? Er war zufrieden mit seinem Leben, lebte in Harmonie mit Elleke, in Liebe mit seinem Sohn und mit dem Einverständnis des Nicht-Habens einer Freundin – selbst die wegen des Israel-Urlaubs verpassten Schlittschuhtage machten ihm nichts mehr aus.
Für Wouter und Elleke wäre es allerdings eher unangenehm. Die Sorge, die Nachricht, dass sein Auto an seinem gewohnten Startplatz gefunden worden sei ... Elleke kannte diese Tour von damals, als sie das Taxi gerufen hatten. Da waren sie das erste

Stück zusammen gelaufen. Elleke würde Hinweise geben, man fände das Eisloch, Taucher stiegen dort ein, fänden ihn.
Aber konnten in einer Nahtoderfahrung auch diese Gummimatten hier vorkommen? Hinter Uitdam gab es sie wieder, als er einen schmalen Weg überqueren musste. Er lief weiter, über breite Gräben, über das schwarze, fast unsichtbare Eis einiger kleiner Seen.
Es gab nur eines, was doch noch zur Vollkommenheit fehlte: Wouter. Später, wenn er groß wäre ... Aber er war schon groß, fast zehn, groß genug für eine kleine Tour wie diese. Wie oft sah man Väter mit einem Sohn in diesem Alter auf dem Eis. Aber Wouter besaß keine guten Schlittschuhe, und er hatte sie nicht, weil er sie nicht haben wollte. Er war kein Sportfan, er war ein Geschichtenerfinder, ein Spaßmacher,

ein Spielespieler. Wenn man ihn fragte, was er werden wolle, sagte er: Computerspiele-erfinder.
In Israel faszinierte ihn die Geschichte von Jesus: Zum ersten Mal bedauerte Pieter seine bescheidenen Bibelkenntnisse. Er konnte nicht viele schöne Jesus-Geschichten erzählen. Wouter wollte nicht glauben, dass es keine Computerspiele mit Jesus gab, und ging in alle Spielwaren- und Elektroläden, um danach zu suchen und zu fragen. Sein Englisch war schon ganz gut, und oft wandte er sich selbst an die Verkäufer.
»Do you have a computer game of Jesus? Or for Playstation or Gameboy?«
Dass alle Verkäufer meinten, ein solches Spiel gebe es nicht, enttäuschte ihn, freute ihn aber auch. Nun konnte er es selbst erfinden! Und damit wurde er Millionär, denn Jesus war der bekannteste Mensch, der je-

mals gelebt hatte. Jeder würde sich dieses Spiel kaufen. Er sah es bereits vor sich: Jesus wird von den Römern verfolgt und muss unterwegs allerlei Wunder vollbringen, um ihnen zu entkommen.

»Wie viele Wunder hat er vollbracht, Pieter?«

»Ungefähr zwölf, glaube ich.«

»Dann wird es zwölf Level geben.«

Aber vielleicht gab es doch ein Jesus-Spiel, in einem anderen Land, von dem diese Verkäufer einfach nichts wussten. Am Toten Meer hatte er in zahllosen Varianten immer die gleiche Frage gestellt: »Was meinst du, Pieter, wie groß ist die Chance, dass *jetzt* ein Jesus-Spiel vom Himmel fällt?«

»Null Komma null null null null …«, sagte Pieter, und nach ein paar weiteren Nullen nannte er wie immer eine einfache Zahl.

Denn darin war er sich mit Wouter einig, eine Chance konnte niemals gleich null sein. Es war möglich, eine Geschichte zu erfinden, in der etwas doch passierte, so verrückt es auch war. Vielleicht gab es ein Jesus-Spiel – in Brasilien oder in Japan –, von dem man in Israel nichts wusste. Vielleicht hatte ein Kind das Spiel bei sich, ein Kind, das in einem Flugzeug saß, das gerade hier vorbeiflog. Und dann konnte dieses Spiel doch genau hier aus dem Flugzeug fallen?

Er lief durch Zuiderwoude, einen Graben entlang, der an der Rückseite der Häuser verlief, in denen Menschen auf dem Sofa vor dem Fernseher saßen, der Tisch hier und da schon gedeckt, spielende Kinder auf dem Boden. Unter einer kleinen Brücke hindurch lief er nach links auf eine neue Eisfläche, und auch hier blies ihn seine

Nahtodbrise weiter. Es ging wie von selbst, er verspürte keine Müdigkeit. Wahrscheinlich war es noch nicht einmal sechs, aber die Nacht war schon angebrochen: Nur an den Lichtern von Bauernhöfen in der Ferne konnte man erkennen, dass sich die Eisfläche nicht bis ins Unendliche erstreckte.

Wie groß war die Chance, dass er hier plötzlich einen Elefanten über das Eis laufen sah? Stimmte es wirklich, dass es immer eine Möglichkeit gab? Könnte er zum Beispiel noch Minister für Verkehr, Wasser- und Schifffahrtsstraßen in Israel werden? Er hatte keine Ahnung von Verkehr, Wasser- und Schifffahrtsstraßen; vielleicht gab es in Israel nicht einmal solch ein Ministerium. Außerdem war er schon einundfünfzig und kein Jude – es wären Verfassungsänderungen notwendig, da ein Nicht-

Jude wahrscheinlich nicht Israeli werden durfte, geschweige denn Minister. Trotzdem folgten selbst hinter dem Komma dieser Möglichkeit nicht nur Nullen. Er könnte eine israelische Freundin finden, sie heiraten, nach Israel ziehen, von seiner Frau zu einer Versammlung ihrer politischen Partei mitgenommen werden, Interesse auf sich ziehen, sich als guter Redner und Organisator erweisen, ein paar gute Ideen zum Thema Verkehr haben, bevorzugt eingebürgert werden, und seine Partei müsste plötzlich einen Minister ernennen …

Es war unwahrscheinlich, aber nicht unmöglich.

Ein Freund hatte einmal mitten in der Nacht in Amsterdam drei Elefanten über die Straße laufen sehen. Da er betrunken war, hatte er nicht weiter darüber nachgedacht. Aber als er es später anderen er-

zählte, sagte jemand, dass die Elefanten aus dem Artis-Zoo nachts einen kleinen Spaziergang machen durften, wie Häftlinge auf Hofgang.
Warum also nicht hier? In einem Elfstädtewinter war das Eis sicher dick genug, und vielleicht tat die Kälte den Fußsohlen von Elefanten gut, so dass man sie problemlos zu diesem See bringen konnte, ohne allzu viel Aufmerksamkeit zu erregen. Die Möglichkeit war nicht gleich null.
Auch nicht sehr groß, aber doch viel größer war die Möglichkeit, dass er hier plötzlich *Wouter* sah. Er verspürte ein jähes Glücksgefühl, als er es sich vorstellte. Es war möglich. Wouter wusste, dass er noch Schlittschuh laufen wollte; er könnte sich überlegt haben, dass es eine tolle Überraschung wäre, wenn sie sich hier begegneten. Vielleicht hätte Elleke diese Idee

gehabt. Dann würden sie sein Auto beim Startplatz sehen und ihm entgegengegehen. Er musste gut aufpassen, es wäre zu dumm, wenn er sie dann nicht sah. Vielleicht hatten sie ihre Schlittschuhe mitgenommen, und liefen ihm nun *auf Schlittschuhen* entgegen. Dann würden sie zu dritt zurücklaufen. Wunderbar wäre das: Diese Tour damals, mit Wouter im Bauch, die als Taxifahrt endete, würden sie nun zu dritt vollenden, auf Schlittschuhen.

Er lächelte. Dieses Ausmalen unmöglicher Ereignisse, das hatte er von Wouter.

Er konnte sehen in der Dunkelheit, aber woher kam eigentlich dieses Licht? Mond oder Sterne waren nicht da – vielleicht warfen die nicht sichtbaren Wolken das Licht von Autos, Ampeln und Straßenlaternen in der Stadt zurück. Aber es gab auch Lichter, die er wirklich erkennen konnte, von Fenstern ferner Bauernhöfe. In diesem gelblichen Schein lagen Ruhe und Frieden – Glück. Dort saßen Menschen unter einer Lampe, zufrieden in ihrem Zusammensein und mit einer Tasse Tee. Oder, um diese Zeit, bei einem Eintopf aus Wintergemüse. Winter-Essen, Zusammengehör-Essen. Und sie wussten, dass dort draußen ab und an ein Schlittschuhläufer entlangkam, der das sah. Sie nahmen eine dunkle Gestalt wahr, die näher kam und dann vorbeiglitt, und sie dachten: ›Was für ein Glück, dort draußen zu sein und so auf Schlittschuhen entlangzulaufen.‹

Dieses Glück war da – aber wo war es eigentlich? Allein schon der Tee, der unter dieser Lampe getrunken wurde – wenn das Heidelbeertee war, dann fand vielleicht einer dieser Menschen, dass Tee einfach Tee sein müsse, ohne Aroma, doch er oder sie traute sich nicht, dies zu sagen. Oder aber sie hassten sich einfach – auch hinter solchen Fenstern, unter solch einer Lampe, an einem Schlittschuhabend wie diesem, konnte gehasst werden.

Und umgekehrt – sie mochten glauben, dass er glücklich war, doch zugleich wissen, dass er deshalb noch nicht glücklich sein musste. Er konnte eine grässliche Ex haben, und ein verwöhntes Kind, statt der lieben Elleke und seinem Wouter. Das Glück des gelben Bauernhoflichts war da, aber es existierte nur zwischen ihm und diesen Fenstern – unabhängig vom Glück, das es sonstwo geben mochte.

Aber er *war* glücklich, auch als ihn seine Brise bis zu seinem Auto zurückgeblasen hatte, wenngleich sich in dieses Glück eine Enttäuschung von vielen Nullen hinter dem Komma mischte, weil er Elleke und

Wouter nicht gesehen hatte. Sein Auto stand noch immer allein da, ohne Ellekes Wagen daneben.

Am nächsten Tag holte er bei Elleke in Hilversum Wouters Schlittschuhe und dann Wouter selbst von der Schule ab; zusammen fuhren sie zum Naardermeer. Sie gingen über einen mit Rindenmulch bestreuten Weg durch einen Waldstreifen zum See. Es war nur ein kurzer Weg, aber Wouter wollte seine Schlittschuhe aneinander gebunden um den Hals tragen. An ihren schönen orangefarbenen Bändern baumelnd stießen sie leise aneinander; zwei hoffnungslose Kufen, denen man sofort ansah, dass sie nur dazu gut waren, immer wieder neu von einem Vater geschnürt zu werden.

Auf der Bank eines festgefrorenen, halb gesunkenen Ruderbootes band Pieter die Schuhe an Wouters Füße – der erste war schon schief, bevor er mit dem zweiten fertig war. Und als sie über den Rand des Bootes auf das Eis stiegen, hätte er eigentlich schon wieder alle beiden Schlittschuhe festbinden müssen.

Hand in Hand gingen sie auf den See, Wouter schlurfend, halb auf seinen Schuhen neben den schiefen Kufen, die Pieter immer mal wieder gerade zu treten versuchte. Es war noch kälter als am Tag zuvor, ein rauer, kräftiger Wind wehte.

An einem Eisloch, an dem ein Mann mit einer Angel in der Hand auf einem Hocker saß, blieb Wouter stehen. »Was meinst du, wie wahrscheinlich ist es, dass er gleich ein Jesus-Spiel aus dem Wasser zieht?«, fragte er.

»Null Komma und dann genauso viele Nullen, wie Wassermoleküle in einen Fingerhut hineingehen.«
»Und dann eine Eins?«
»Bestimmt eine Fünf.«
»Eine Fünf! Sollen wir dann warten?«
»Wir gehen Schlittschuh laufen.«
Es war wirklich ein Jammer; Wouter wäre leichter vorangekommen, wenn er die Schlittschuhe um den Hals behalten hätte. Als sie gerade mal auf der Mitte der Eisfläche angelangt waren, hatte Pieter sich schon drei-, viermal hingekniet, um sie wieder fest zu machen. Das ging nur mit bloßen Händen, und nach einer Weile waren seine Finger so kalt, dass er Wouter kurz allein ließ, um so schnell er konnte, zum Ufer des Sees zu laufen. Dort blieb er stehen und schaute hinüber zu seinem Sohn, einem mühsam gegen den Wind

stolpernden Figürchen. *Die siegende Spermie* hatten Elleke und er ihn kurz vor und nach seiner Geburt genannt – nur gut, dass dies ein Schwimmwettkampf und kein Schlittschuhwettkampf gewesen war. Wouter kam kaum von der Stelle – er brachte einen auf den Gedanken, dass man eine Eisfläche wie diese als Gefängnis nutzen konnte, wenn man den Häftlingen nur genau solche Kufen an die Füße schnallte.

Pieter lief zu ihm zurück.

Tränen wehten aus Wouters Augen, Rotz aus seiner Nase, der sofort zu einem grünlich weißen Fleck auf seiner Wange fror. Natürlich wollte Wouter nur eins: Aufhören, weg von hier, ins Warme. Aber er sagte es nicht, er würde nicht anfangen zu weinen, nicht quengeln – er war ein Stehaufmännchen, ein Schatz.

Pieter nahm ihn zwischen seine Beine, legte die Arme um ihn, und tatsächlich schafften sie es auf diese Weise bis zu einer kleinen Insel. Im Windschatten einer verfallenen Hütte setzten sie sich zwischen das Schilf. Wouters Schlittschuhe passten nicht, sie standen schief. In das Holz der Schuhe waren Verzierungen geschnitzt, entworfen von jemandem, der noch etwas daraus machen wollte.

Sie sollten Wouter bloß keine neuen Schlittschuhe geben – die würden ihn zum Schlittschuhlaufen zwingen, und er hatte das Recht, es nicht zu mögen.

»Fändest du es schlimm, wenn ich noch mal kurz allein laufe?«, fragte Pieter.

»Nein, ich muss mich sowieso kurz ausruhen.«

»Du findest es nicht wirklich schön, oder?«

»Aber es ist nett.«

»Aber nicht schön.«

»Nett ist schön.«

Pieter lief zwei Runden am Seeufer entlang, winkte Wouter zu, der zurückwinkte, und bei dem Mann mit der Angel schaute er unwillkürlich nach, ob der nicht doch eine CD-Hülle mit einem Bild von Jesus aus dem Wasser gefischt hatte.

All diese Fragen über Wahrscheinlichkeiten, die Wouter stellte, standen natürlich für die eine Frage, die er nicht zu stellen wagte: »Wie wahrscheinlich ist es, dass Elleke und du wieder zusammenkommen?«

Null Komma – und dann?

»Du bist abgegangen wie eine Rakete!«, sagte Wouter, als er wieder auf ihrer kleinen Insel war.

»Ach was, da müsstest du mal einen richtigen Läufer sehen. Der kann unterwegs sechshundert Kindern die Schlittschuhe anschnallen, und dann ist er immer noch früher zurück als ich.«

»Aber würdest du denn gegen Jesus gewinnen?«

»Der konnte überhaupt nicht Schlittschuh laufen.«

»Dann würde ich also auch gegen ihn gewinnen?«

»Nicht, wenn er übers Eis rennen dürfte.«

»Das ist nicht fair! Er müsste auch Schlittschuhe anhaben!«

Pieter nahm Wouter wieder zwischen seine Beine und zusammen liefen sie zum eingefrorenen Ruderboot zurück. Mit Rückenwind waren sie jetzt schneller, als Jesus es jemals hätte sein können – mit oder ohne Schlittschuhe. Pieter stellte ihn sich vor, wie er neben ihnen herrannte über das Eis, keuchend, ächzend, und schließlich zurückbliebe, und er wusste, dass Wouter sich dies auch vorstellte.

Nachdem er Wouter am nächsten Morgen zur Schule gebracht hatte, lief Pieter stundenlang auf den Ankeveense Plassen, bei Ouderkerk, auf Botshol. Nun schien die Sonne ein wenig und es war nicht mehr so kalt. Das Eis war voller Läufer und auf dem Oude Waver holte er zwei Mädchen ein, genau in dem Moment, als das eine zum anderen sagte: »Jeden Tag ist es wieder so, als ob ich ein Geschenk auspacken dürfte.«
Am darauf folgenden Tag nahm er in Nordholland mit zwei Freunden an einem offiziellen Lauf über siebzig Kilometer teil. Sie brauchten fast sechs Stunden. Er war fix und fertig, als er in der Kneipe seine

Medaille abholte. Während der Heimfahrt schlief er auf dem Rücksitz des Autos ein. Zu Hause zwang er sich, etwas zu essen; wenn er sich nun mit einem Glas Whisky aufs Sofa setzte, würde er sofort einschlafen, erst um Mitternacht wieder wach werden und die ganze Nacht munter bleiben.

Trotzdem döste er über seiner Zeitung ein. Er bemerkte es, als ihn das Telefon weckte. Elleke rief an. Sie war mit Wouter in Amsterdam, auf der Jaap-Eden-Eisbahn; Wouter hatte sich neue Schlittschuhe gewünscht, und die hatten sie dort gekauft. Elleke hatte auch ihre Schlittschuhe dabei, und beide wollten sofort laufen, aber auf der Eisbahn wurde noch trainiert, sie sollte erst um acht Uhr fürs allgemeine Publikum geöffnet werden. Ob sie so lange bei ihm warten könnten?

Wer läuft schon auf einer Eisbahn in der Halle, wenn man draußen laufen kann, dachte er.
Es dauerte ein wenig, bis sie kamen – unterwegs hatten sie beim Chinesen etwas zum Essen geholt – auch für ihn. Schade, dass er schon gegessen hatte. Aber zuerst mussten Wouters Schlittschuhe bewundert werden. Es waren Hockeyschlittschuhe, völlig ungeeignet für die erträumten Touren, aber mit wunderschönen strohgelben Biesen und strohgelb-schwarzen Schnürsenkeln – auf der ganzen Welt fand man keine schöneren Schlittschuhe, die man aneinander gebunden um den Hals baumeln lassen konnte. *Diese* Schlittschuhe würde Jesus im Schlittschuh-Level von Wouters Spiel anhaben: Auf dem Toten Meer hat Jesus einen Vorsprung vor den Römern, doch sein strohgelber Schnürsenkel reißt.

Zum Glück passiert das bei einem Eisloch, an dem ein Angler sitzt. In einem der vorangegangenen Level hat Jesus für das Vollbringen eines Wunders einen kleinen Fisch bekommen, und den gibt er nun dem Angler, der ihn sofort an den Haken steckt und damit ein Paar neue strohgelbe Schnürsenkel hinaufholt. Schwupp – da sind sie auch schon an Jesu Schlittschuh, und er läuft weiter, gerade noch rechtzeitig, dass er den Römern nicht in die Hände fällt.

»Wunderschöne Schlittschuhe sind das«, sagte Pieter.

»Auf denen bin ich schneller als du«, entgegnete Wouter.

»Heute Abend bestimmt, denn heute Abend rühren sich meine nicht vom Fleck. Ich kann nicht mehr, ich bin schon sechs Stunden gelaufen.«

»Mit denen schaffe ich locker zehn Stunden!«

»Meinst du, dass sie gut sind für Wouter?«, fragte Elleke. »Sie haben gesagt, dass es eigentlich Hockeyschlittschuhe sind. Aber er wollte sie so gerne haben.«

»Ich habe sie im Geschäft schon angehabt«, wandte Wouter ein. »Ich konnte mit ihnen laufen.«

»Dann machen wir beide mit ihnen beim nächsten Wandertag mit. Dann bist du sicher einer der Schnellsten. Doch kaum hatte er es ausgesprochen, glaubte Pieter an Wouters Miene wahrnehmen zu können, dass er ihn verletzt hatte, und er beeilte sich zu sagen: »Mit Schlittschuhen, die man schön findet, ist man immer schneller.«

Er aß doch noch etwas mit, ein paar Riesengarnelen und eine halbe Frühlingsrolle.

Elleke wollte gerne ein Glas Wein trinken, und so stießen sie an, auch Wouter mit seinem Glas Cola.
Mit Ellekes Augen sah sich Pieter in seiner Wohnung um. In Gesprächen konnte man verbergen, was man nicht zeigen wollte, aber die eigene Wohnung lag offen da. Vor allem, wenn man überfallen wurde, wie jetzt. Würde Elleke nach Anzeichen für eine Frau suchen? Die letzte, Ilse, war schon über einen Monat nicht mehr da gewesen. Es gab noch ein paar Spuren von ihr, für fremde Augen allerdings unsichtbar: der Stapel Bücher, den sie beim letzten Treffen zurückgegeben hatte, Kerzen, die gebrannt hatten, bis sie von ihr gelöscht worden waren, einen Radiergummi, mit dem sie als Letzte etwas ausradiert hatte.
Aber Elleke fragte nicht nach ihr und er nicht nach Leo.

Dennoch – irgendetwas war mit Elleke, weshalb er an Ilse und an Leo denken musste. Ein Blitzen in ihren Augen, ein Ton in ihrer Stimme, etwas Verwegenes. Vielleicht hatte sie einen heimlichen Geliebten.

»Komm doch mit«, sagte sie. »Das wäre schön. Bei unserem Tempo kannst du bestimmt noch mithalten.«

»Bist du eigentlich noch mal Schlittschuh gelaufen.«

»Damals mit dem Taxi, das war das letzte Mal.«

»Ja, das weiß ich noch«, sagte Wouter.

»Du warst in ihrem Bauch.«

»Ich habe einen Schlittschuh direkt neben meinem Auge abbekommen und war froh, als ihr aufgehört habt. Ihr hattet dicke Sachen an, aber ich war nackt und klapperte die ganze Zeit mit den Zähnen.«

»Und das ohne Zähne«, sagte Elleke.

»Deine Schlittschuhe«, wandte sich Pieter an Elleke, »sind das noch die von damals?«

»Ja, und deine?«

»Meine auch.«

Er mied ihren Blick – es war, als redeten sie über etwas Verbotenes. Elleke und er wieder zusammen auf Schlittschuhen, das wäre schon was. Es hatte sich nie mehr ergeben, zuerst waren die lauen Winter der Grund, schon bald darauf sie selbst.

»Ja, Pieter, kommst du mit?«, fragte Wouter. »Ich laufe auch etwas langsamer, dann kannst du mit mir mithalten.«

»Ich bräuchte nur einen Schlittschuh anziehen, schon könnte ich kein Bein mehr heben.«

Er wollte auch sagen: Ich mag kein künstliches Eis, solch eine Bahn ist eine Beleidigung für das, was Eislaufen eigentlich ist, nämlich eine *Reise*, mit gelben Lichtern in der Ferne, in denen Glück verborgen ist, ein kleines Geschenk, das es nicht jeden Tag gibt und nach dem man sich manchmal jahrelang sehnen muss – doch er sagte es nicht.

Aber seine Schläfrigkeit war weg, als Wouter und Elleke zur Tür hinaus waren. Ich bin verrückt, dachte er. Wie oft machen wir etwas zu dritt, dass ich diese Chance verstreichen lassen kann? Elleke ist so nett und liebenswürdig; Wouter wollte auch, dass ich mitkomme; ich will immer so gerne mit *ihm* laufen, was fällt mir bloß ein, die Einweihung seiner neuen Schlittschuhe zu verpassen? Schlittschuhe, die er gewollt hat, um es *mir* recht zu machen?
Er warf seine Sachen in eine Tasche, sprang ins Auto, fuhr zur Eisbahn und fürchtete

unterwegs, dass Elleke und Wouter es sich doch anders überlegt hatten und nach Hilversum zurückgefahren waren.
Als er sie an einer kleinen Bank erblickte – Elleke kniete und half Wouter mit seinen Schlittschuhen, war er genauso glücklich wie in seinem Tagtraum, als er ihnen auf dem Eis bei Zuiderwoude entgegengelaufen war.
Die beiden freuten sich auch, dass er sich noch anders entschieden hatte.

Auf der gut besuchten Eisbahn, inmitten des Klirrens und Kratzens der Schlittschuhe, der fröhlichen Schreie der Läufer, der Lautsprechermusik, liefen sie ihre Runden – abwechselnd mit Wouter, hin und wieder zu dritt und manchmal zu zweit, ohne Wouter. Elleke hatte mit unsicheren, tastenden Schritten begonnen, als wate sie ins Meer hinaus und fürchte eine plötzliche Tiefe, aber schon bald hatte sie den Bogen raus. Für jemanden, der es fast noch nie gemacht hatte, lief sie gut, langsamer zwar als er, aber eigentlich besser. Hin und wieder lächelten sie sich zu, als genierten sie sich ein wenig.

Sie war fast vierzig, aber noch genauso schön wie damals, als er sie zum ersten Mal gesehen hatte, mit einem Weinglas in der Hand, den Blick direkt auf ihn gerichtet. Sie war eine Frau, die man einfach anschauen musste. Damals und auch jetzt, mit schwarzen Jeans, dem rot-grünen Pullover und dem schwarzen Band, das sie um die kurzen blonden Haare trug. Hatte sie wirklich einen Geliebten? Er hoffte, dass es keinen gab. Denn dann gab es kein Gleichgewicht mehr in ihrem Leben, dann war die Sicherheit gestört, die es seit dem Ende ihrer Gefechte immer gegeben hatte: dass zumindest einer von ihnen das Undenkbare ausschloss.

Aber weil er so dachte, fühlte er sich nicht mehr wohl mit ihr allein und war jedes Mal froh, wenn sie Wouter einholten.

Auch auf seinen neuen Schlittschuhen stolperte dieser mehr schlecht als recht voran, dicht an den Werbeflächen der Außenbande entlang. Erklären, Vormachen, Schieben, Ziehen, nichts half, und nach einer Weile ließen sie ihn einfach machen. Davon, dass er vielleicht enttäuscht war, dass seine Schlittschuhe doch keine Zauberschlittschuhe waren, merkte man nichts. Er schien fröhlich, und als er tatsächlich einmal mit seinem Gestolper genügend in Fahrt kam und ein Stück weiterglitt, schaute er sich stolz um.

Sie liefen wieder zu dritt, Hand in Hand in Hand, Wouter in der Mitte, strahlend vor Vergnügen. Wie wahrscheinlich war es, dass er plötzlich ihre Hände losließ und sich von ihnen entfernte – die Hände auf dem Rücken, in göttlicher Balance – und sich dem Tross von Eislauf-Cracks anschloss, der an der Innenseite der Eisbahn herumsauste?

Das sähe Wouter wirklich ähnlich, sie so zum Narren zu halten, eine Stunde Gestolper auf dem Naardermeer in Kauf zu nehmen, sich falsche Schlittschuhe geben zu lassen, damit die Überraschung noch größer wäre.

Diese Läufer in dem Tross, das war echtes Schlittschuhlaufen. Wouter konnte es überhaupt nicht, Elleke konnte es nun ein wenig, er lief kleine Touren – aber wenn man diesen Tross sah, dann waren sie drei schlechte Schlittschuhläufer. Es spielte keine Rolle. Sein Tagtraum von Zuiderwoude war doch noch Wirklichkeit geworden – wenn auch auf einer Kunsteisbahn. Auch das machte nichts, vielleicht war dies ja die schönste Tour des ganzen Winters. Trotzdem fühlte er sich ertappt vom Schicksal. He, Pieter und Elleke, war dies nicht euer Traum, damals, als ihr euch zum ersten Mal gesehen habt? Und jetzt ist er Wirklichkeit geworden. Aber nicht ganz so, wie ihr euch das vorgestellt habt, was? Ihr Dummies.

Pieter machte sich los, lief wieder ein paar Runden allein und flitzte an Elleke und Wouter vorbei, die ihm zuschauten.

Er stellte sich vor, dass einer der Läufer aus dem Tross sich zu ihm gesellte und fragte: »Eine schöne Frau ist das, die dir gerade zugenickt hat. Ist das deine Frau?«
»Meine Ex.«
»Deine Ex? Das hätte ich nicht gedacht. Sie sieht aber aus wie deine Frau. Warum seid ihr nicht mehr zusammen?«
Das war das Verrückte: Ihm fiel nichts ein, womit er dies in wenigen Sätzen hätte begründen können. Warum war es eigentlich aus? Vielleicht weil sie gedacht hatten, dies gehörte nun einmal dazu? Man begegnete sich, man verliebte sich, man war eine Zeit lang zusammen, und dann ging man wieder auseinander. Das waren Gewissheiten, für alles dazwischen durfte man sich selbst noch etwas ausdenken.
Ellekes Schwangerschaft, die Taxischlittschuhtour, ihre Hochzeit: Das war auch so

ein kalter Winter gewesen, mit wochenlangem Schlittschuheis. Als sie mit seinem Auto zum Rathaus fahren wollten, war die Beifahrertür zugefroren. Nichts half: Schmieröl, ein Feuerzeug, ein Kessel mit heißem Wasser. Elleke musste mit ihrem dicken Bauch zweimal über den Schaltknüppel klettern. Der Standesbeamte hatte es gesehen, oder jemand hatte es ihm erzählt, denn in seiner kleinen Rede sagte er, dass ein Paar, das solche Hürden gemeinsam meistere, gewiss einer glücklichen Ehe entgegenginge.

Sie hatten diese Hürde *zu dritt* gemeistert, mit Wouter in Ellekes Bauch. In ein paar Monaten wurde er schon zehn – all diese Dinge lagen nun zehn Jahre zurück. Und plötzlich war es, als habe er eine Vision: Wenn man zu sich selbst sagte »All diese Dinge sind nun zehn Jahre her«, dann meinte man doch *ungefähr* zehn Jahre. Aber schloss das aus, dass es *genau* zehn Jahre waren?

Welches Datum war das denn nur gewesen, ihr Eistürtag? Eigentlich sollte er das Datum kennen, hatte es aber schon einmal vergessen. Er sah Elleke vor sich: Sie gab ihm ein Päckchen, aus dem ein silberner Drehbleistift mit eingraviertem Namen zum Vorschein kam. Er bedankte sich bei ihr, aber danach stand sie mit Tränen in den Augen da, die er nicht verstand.

»Was ist los?«

»Hast du nichts für mich.«

»Nein. Ich freue mich riesig über mein Geschenk, aber ich kann doch nicht immer, wenn du ein Geschenk für mich hast, zufällig auch eins für dich haben?«

»Heute schon.«

»Warum heute?«

»Es ist der achte Januar.«

»Was ist denn Besonderes am achten Januar?«

»Wenn du das nicht weißt, dann ist auch nichts Besonderes am achten Januar.«

Dieser achte Januar, das wusste er noch, war ihr erster Hochzeitstag gewesen.

Und welches Datum war heute? Natürlich der achte Januar; es wäre zu albern, wenn er erst etwas wie eine Vision hatte, und es dann *nicht* der achte Januar war. Bevor er das allerdings glauben konnte, musste er dem heutigen Tag eine echte Chance geben, etwas anderes als der achte Januar zu sein. Er rechnete. Die Tel Avivsche Elfstädtetour, das war der vierte Januar gewesen, ein Sonntag. Am Tag darauf waren sie zurückgeflogen und seine persönliche Brise hatte ihn abends über das Eis geblasen – Montag, fünfter Januar. Dienstag, sechster Januar: Jesus-Spiele angeln mit Wouter auf dem Naardermeer. Mittwoch, siebter Januar: Geschenke auspacken auf dem Oude Waver. Das war gestern.

Siebter Januar, gestern – achter Januar, heute.

Sie feierten ihren zehnten Hochzeitstag.

Er lief weiter, ohne etwas zu sehen oder zu hören, ohne etwas anderes zu spüren als die Schauer, die ihm über den Rücken liefen. Nachdem er wieder denken konnte, rechnete er ein paar Mal nach. Es stimmte. Wie kam es? *Wer* hatte das zustande gebracht?

Sie haben es sogar gefeiert, dachte er: Das Essen vom Chinesen als Festmahl, mit Wein und Cola darauf angestoßen. Bei Zuiderwoude hatte er sich gewünscht, zu dritt Schlittschuh zu laufen, und jetzt taten sie es. An diesem Tag.

Wie wahrscheinlich war es, dass man per Zufall seinen zehnten Hochzeitstag feierte? Wenn es aber kein Zufall war, was war dann nicht alles vonnöten gewesen, damit dies zustande kommen konnte? Der Winter war rechtzeitig gekommen, Ilse rechtzeitig gegangen, Wouters alte Schlittschuhe waren zum richtigen Zeitpunkt zu Schrott geworden. Und eigentlich sollte er mit seinen Schlittschuhfreunden essen gehen, aber da die Frau von einem krank geworden war, hatte es nicht geklappt. Demnach war auch das Virus mitverantwortlich, das sie krank gemacht hatte, und schließlich die Jaap-Eden-Eisbahn, weil sie nicht einfach geöffnet war, wenn man dort Schlittschuhe kaufte.

Verdankten sie dies Wouter? Hatte er genau heute neue Schlittschuhe haben wollen, weil er wusste, was für ein Tag es war –

hoffte er, dass diese Entdeckung Elleke und ihn wieder zusammenbrachte?
Aber welches Kind kannte denn den Hochzeitstag seiner Eltern?
Lag es an ihm selbst? War er Elleke und Wouter gefolgt, *weil* es der achte Januar war? Hatte er das Datum unbewusst in der Zeitung gesehen, vielleicht die kleine Ziffer auf seiner Uhr, so winzig diese auch war.
Aber dann blieb es ein wahnwitziger Zufall, dass Elleke und Wouter gerade heute Abend gekommen waren.
Wusste Elleke es? Hatte *sie* dafür gesorgt, dass sie hier nun zu dritt Schlittschuh liefen?
Er ließ einen Atemzug aus.
Neben der Eisbahn gab es ein Restaurant – warum hatte sie nicht dort mit Wouter gewartet und etwas gegessen, sondern zu

Pieter gesagt: »Komm mit, das wäre schön.« Nicht: »Das wäre schön für Wouter.« Das war ihm sofort aufgefallen. Sie hatte ihre Enttäuschung nicht verborgen, als er zu Hause bleiben wollte, und auch nicht ihre Freude, als er doch noch zur Eisbahn kam. War *er* ihr heimlicher Geliebter?

So musste es gewesen sein: Sie sieht diesen zehnten Hochzeitstag näher kommen; durch etwas, was Wouter ausplappert, weiß sie, dass es mit Ilse aus ist; sie spürt, dass sie mit diesem Leo nichts verbindet, dass sie wieder mit *ihm* zusammen sein will – sie entwirft ihren Plan: Nach dem Naardermeer sagt Wouter etwas über seine Schlittschuhe, und darin sieht sie ihre Chance. Sie macht ihm weis, dass man neue Schlittschuhe unbedingt in Amsterdam kaufen muss, und sie nimmt die erstbesten Schlittschuhe, die er schön findet, weil das nicht wichtig ist – vielleicht weiß sie sogar von vornherein, dass dieser Laden manchmal geöffnet ist, die Eisbahn aber geschlossen, so dass man irgendwo warten muss.

Gütiger Himmel. Sie wartete, bis er es auch bemerken würde. Und nun hatte er es entdeckt. Er musste zu ihr laufen, sie am Arm nehmen, und sagen: »Weißt du, was für ein Tag heute ist?« Wenn sie dann ein wissendes Grinsen nicht unterdrücken konnte, war es so. Dann würden sie sich umarmen, dann brauchte nichts gesagt zu werden.

Er schaute sich um, sah sie oder Wouter aber nicht sofort. Sollte er sie einholen, oder sich von ihr einholen lassen? Natürlich selber einholen; für etwas wie das gab man sich Mühe. Mit Herzklopfen wie damals, als er sie zum ersten Mal gesehen hatte und auf sie zugegangen war, nahm er Tempo auf, segelte zwischen den Unwissenden hindurch, in dieser wichtigsten Runde seines Lebens. Endlich fuhr er schön, die Schlittschuhe fest auf dem Eis. In den Kurven setzte er einen Fuß über den anderen, genau bemessenen Tangoschritten gleich, so schön, wie Jesus in Wouters Spiel Schlittschuh lief, frisch, als sei er nicht schon einen halben Tag gelaufen. Und auch wenn dies nur eine Kunsteisbahn war: In den Lichtern der Laternen, der Snackbar neben der Kindereisbahn, dem Restaurant, war dasselbe Glück wie in dem gelben Licht der Bauernhoffenster, die er von einem dunklen See aus gesehen hatte. Elleke und Wouter sah er nicht. Merkwürdig, er hielt nun bestimmt schon zwei Runden nach ihnen Ausschau. Vielleicht achtete er zu sehr aufs Laufen, oder sie liefen ebenfalls schnell. Aber Wouter konnte doch nicht plötzlich so schnell sein, dass man mehr als zwei Runden brauchte, um ihn einzuholen?

Pieter bremste, lief langsam an der Außenbande der Eisbahn entlang und hielt über die Werbetafeln hinweg Ausschau auf die Kindereisbahn.

Sie waren nicht da.

Von allen Zufällen an diesem Tag, war das nicht der größte? Ein Mann, der am zehnten Hochzeitstag auf eine Frau zuläuft, vielleicht um für immer mit ihr zusammenzubleiben – und dann ist sie nicht da?

Er lief noch eine Runde, verstand nicht und sah sie dann plötzlich wieder, neben der Kindereisbahn. Sie sahen ihn auch.

»He, Pieter«, rief Wouter.

Pieter lief zu ihnen und stieg auf die Gummimatten. »Ich habe euch gesucht. Wo seid ihr gewesen?«

»Wouter musste aufs Klo«, sagte Elleke, »mir ist ein bisschen kalt geworden, sollen wir etwas Warmes trinken?«
Sie ging bereits zur Snackbar; Wouter und er setzten sich auf eine Bank. Wenig später kam sie mit drei Bechern warmem Kakao zurück.
Pieter hob seinen Becher in ihre Richtung, mit einer Geste und einem Lächeln, als hätte er Champagner darin. Sie lächelte zurück, ein wenig verwundert, hob ihren Becher auch halb hoch und nahm einen Schluck. Mit einem zufriedenen Kehllaut atmete sie aus: *aahgghh.*
»Schön warm«, sagte sie, »das braucht man wirklich an einem Schlittschuhabend.«
Schön warm. Das war, was dieser Kakao war: schön warm an einem Schlittschuhabend. Sie wusste es nicht. Sie hatte keinen teuflischen Plan ausgeheckt, keinen

Schmus ersonnen. Es war Zufall. Eine Chance gleich null, die Wirklichkeit geworden war.

»Wie sind deine Schlittschuhe?«, fragte er Wouter.

»Perfekt! Ich bin nur noch dreimal hingefallen, und das Fallen tut mit diesen Schlittschuhen viel weniger weh.«

Sie liefen wieder, zu dritt. Ab und zu wollte Wouter allein laufen und manchmal gelang es ihm, ein paar Schritte zu machen, ohne sofort das Gleichgewicht zu verlieren. Womöglich waren das doch gute Schlittschuhe zum Lernen, und sie würden irgendwann, in einem der nächsten Winter, zusammen Touren machen.

Pieter entfernte sich von ihnen. Noch ein paar Runden allein, dann würde er ihnen

von dem wahnwitzigen Zufall erzählen, den er entdeckt hatte.
Wouter hatte im richtigen Moment aufs Klo gemusst. Ein Zufall bedeutete immer etwas, aber diese Bedeutung musste man selbst auswählen. Dieser zehnjährige Hochzeitstag bedeutete, dass Elleke und er wirklich füreinander bestimmt waren. Nur hatten sie sich in dem Wozu geirrt. Sie hatten gedacht: ewige Liebe, Leidenschaft, Zusammensein. Aber *dies* war ihre Bestimmung: in dem gelben Bauernhoflicht einer Kunsteisbahn drei auf dem Eis, die einander liebten.
Nicht mehr.
Nicht weniger.

Originaltitel: Drie Slechte Schaatsers
Originalverlag: Prometheus, Amsterdam


1. Auflage, 2005
Umschlaggestaltung: Gabriele Burde
Autorenfoto Umschlagklappe: privat
Gesetzt aus Rotis serif
Satz: Steffi Glauche, Leipzig
Druck und Bindung: Ebner & Spiegel, Ulm
Printed in Germany
ISBN 3-379-00856-7

www.reclam.de